Grand'Mère!

UNE HISTOIRE, S.V.P.

PAR BONNE-MAMAN

Illustrations de H. Sauzay

A. ROBLOT, Paris

Grand'mère !

une histoire,

s'il vous plaît !

Grand'mère !
une histoire,
s'il vous plaît !

PAR

BONNE-MAMAN

ILLUSTRATIONS DE H. SAUZAY

PARIS

LIBRAIRIE POUGET-COULON ET ROBLOT

A. ROBLOT, Succr

67, RUE CAUMARTIN, 67

LE PÈRE GASPARD

I

Il y avait une fois un vieux, vieux bonhomme, qui s'appelait le père Gaspard. C'était un chiffonnier, et il parcourait les rues, hotte sur le dos, crochet en main, fouillant les tas d'ordures.

Il mettait soigneusement de côté ce qu'il trouvait pouvant lui servir : bouts de chocolat, morceaux de pommes de terre, boîtes, bouts de cigare, etc.

Quelquefois il trouvait un sou, une bague ou une boucle d'oreille ; alors bien vite il rendait cela au concierge de la maison, car le père Gaspard savait qu'on ne doit pas garder un objet trouvé, sans faire son possible pour le rendre à celui qui l'a perdu.

Or il arriva, un jour, que le père Gaspard trouva un ongle cassé. Il n'y fit guère attention ; mais voilà que, pendant la nuit, son ongle à lui devint si long, si long, qu'il vint gratter ses pieds. Le père Gaspard croyait que quelque animal s'était glissé dans son lit ; mais il

fut bien étonné de sentir son ongle trembler au bout de
son doigt et d'en voir sortir un tout petit bonhomme pas

Il parcourait les rues, la hotte sur le dos.

plus grand que le pouce... Ce petit bonhomme salua et
dit d'une petite voix pointue :

« Bonjour, père Gaspard !

— Bonjour, mon petit monsieur ! répondit le père
Gaspard de plus en plus étonné.

— Dites-moi ce qui vous ferait plaisir, et je vous
le donnerai, » reprit le petit homme.

Le père Gaspard réfléchit un moment, puis il
demanda de trouver tous les matins, dans sa hotte, un
bon déjeuner bien chaud.

Le petit bonhomme rentra dans l'ongle, l'ongle rentra
dans le doigt, et le père Gaspard se rendormit profon-
dément.

Le lendemain matin, en se réveillant, le père Gas-

Son ongle devint démesurément long, et il en vit sortir un petit homme.

pard croyait si bien avoir rêvé, qu'il fut étonné de trouver sa hotte plus lourde que d'habitude et de découvrir,
au fond, tout ce qu'il avait demandé : un bon bifteck,

2

des pommes de terre frites, du fromage, un petit pain et du café.

Quelle joie!

Le père Gaspard mangea de bon appétit, et il garda pour le soir la moitié de ses provisions, car c'était un homme prudent.

Le père Gaspard trouva, tous les matins, de bonnes choses dans sa hotte, jusqu'à un certain jour où il eut si mauvais cœur, que le petit bonhomme le punit en le privant de ses gâteries.

Voilà ce qui s'était passé.

C'était le soir, il était en train de souper, quand il entendit frapper doucement à sa porte.

« Qui est là? » demanda-t-il.

Et une pauvre petite voix d'enfant, timide et triste, lui répondit :

« Monsieur Gaspard, ouvrez vite! Ma chère maman n'a pas mangé depuis trois jours, elle va mourir de faim; donnez-lui quelque chose, je vous en supplie!

— Est-ce que je suis un boulanger ou un boucher, moi? répondit durement le père Gaspard. Allez acheter ce qu'il vous faut.

— Nous n'avons pas d'argent, dit encore la fillette en sanglotant.

— Tant pis pour vous! répliqua le méchant égoïste de père Gaspard.

— Que le bon Dieu vous pardonne ! » dit en s'en allant la petite mendiante.

« Monsieur Gaspard, ouvrez vite ! »

Quelques instants après, le père Gaspard entendit beaucoup de bruit dans la rue : c'était le monde qui regardait la pauvre femme qui venait de mourir de faim.

9

II

Longtemps après l'histoire de l'ongle, le père Gaspard trouva une dent au milieu de son tas d'ordures; une dent si fine, si jolie, si blanche, que le père Gaspard l'avait d'abord prise pour une perle.

Et voilà que, pendant la nuit, le père Gaspard, se trouvant réveillé, s'aperçut qu'une de ses dents à lui s'allongeait, s'allongeait tellement, qu'elle s'enfonçait dans son mollet. Et puis, du milieu de cette dent, sortit

Un amour de bébé.

10

Le père Gaspard trouve l'âne et la charrette.

un amour de bébé, si frais, si rose, si mignon, qu'il ressemblait aux petits Jésus des crèches de Noël.

Le père Gaspard sourit à l'aimable enfant, et lui demanda ce qu'il venait faire sur son lit.

« C'est pou vous fai plaisi, monsieu Gaspa, dit le

chérubin d'une voix douce comme une musique. Que voulez que vous donne? »

Le père Gaspard réfléchit un moment, et, comme ses jambes commençaient à devenir bien vieilles, il répondit au gentil bébé qu'il serait bien content de trouver chaque matin devant sa porte une voiture pour le traîner, lui et ses paquets de chiffons.

« Tês ben! tês ben, monsieu Gapa! aurez ça... Adieu. »

Et l'amour de bébé rentra dans la dent, la dent rentra dans la bouche, et le père Gaspard se rendormit.

Et le lendemain matin, en ouvrant sa porte, il vit une ravissante charrette, attelée d'un âne blanc harnaché de rouge.

Ah! qu'il fut content! Comme il trouvait agréable de n'avoir plus à porter de lourds fardeaux sur son dos, et comme il s'habitua vite à ne plus marcher!

Un soir qu'il rentrait à la maison, il rencontra un pauvre homme qui venait d'être renversé par une voiture.

« Si on ne le porte pas tout de suite à l'hôpital, il va mourir, » disait un médecin qui se trouvait là.

Alors, voyant passer le père Gaspard, il l'appela et lui demanda de transporter le blessé.

« Il salirait bien trop ma voiture! Voyez comme son sang coule, » répondit le père Gaspard.

Et il fouetta son âne, pour être sûr de n'avoir pas à conduire le pauvre homme.

« Sans cœur! » s'écria-t-on indigné.

... Mais, le lendemain matin, plus d'âne, plus de voiture à la porte du père Gaspard.

Il fouetta son âne.

Car le bébé de la dent avait été si fâché de la cruauté du père Gaspard, qu'il ne s'intéressait plus à lui.

III

En tirant ses chiffons, le père Gaspard trouva un jour un cheveu, un cheveu fin comme un fil de la Vierge et brillant comme un rayon de soleil.

« Quel drôle de cheveu! » se dit le père Gaspard en
le jetant dans le feu.

Au lieu de brûler comme un cheveu ordinaire, ce
cheveu se tortilla comme un serpent.

Mais ce fut la nuit que le père Gaspard fut étonné !

Il se mit à étouffer, parce que sa bouche était remplie de cheveux, et, du milieu de cette toison, s'élança sur son lit la plus jolie dame qu'il eût jamais vue, si belle, qu'il n'aurait jamais cru qu'il pût en exister de pareille.

Elle était habillée comme une princesse; sa robe était en feuilles de roses; des papillons lui servaient de coiffure; sa ceinture était faite d'un morceau d'arc-en-ciel, et ses pieds mignons étaient chaussés dans des sandales de diamant.

La plus jolie dame
qu'il eût jamais vue.

La belle dame envoya un baiser au père Gaspard et
lui donna une noix, en lui disant qu'il n'avait qu'à la
casser pour avoir ce qu'il voudrait.

Puis le père Gaspard ne vit plus personne. C'était à croire qu'il avait rêvé.

Cependant, en se réveillant, il vit la noix, ce qui lui causa une grande joie.

Naturellement, le père Gaspard se mit à réfléchir.

Que désirait-il? De bonnes choses à manger? de beaux habits? des amusements?...

« Cette fois, il ne faut pas que je sois égoïste, se dit-il. Je ne vais rien demander pour moi, tout pour les autres. »

Alors il prit un marteau, et, frappant sur la noix pour l'écraser :

« Noix magique, dit-il, je veux trouver chaque matin, dans ma hotte, des pilules, des cachets, des potions, des rigollots, de bons sirops, et alors j'irai visiter les pauvres malades pour les guérir. »

IV

Le lendemain matin, le père Gaspard trouva dans sa hotte, non seulement les médicaments qu'il avait demandés, mais aussi son bon déjeuner, et la voiture et l'âne blanc l'attendant de nouveau devant sa porte;

car le petit bonhomme de l'ongle et le joli bébé de la dent avaient voulu le récompenser de s'être repenti et d'avoir compris que les égoïstes sont punis, tandis que les bons cœurs sont heureux.

LUSTURLU MANGÉ PAR LA VACHE

Lusturlu, s'ennuyant au potager, pendant que sa

Lusturlu demande à sa nounou la permission d'aller dans les champs.

nounou étendait du linge au soleil, demanda la permission d'aller cueillir des fraises dans le pré voisin.

« Je te le défends, dit la nounou; car il y a dans ce pré des vaches très méchantes. »

Or M. Lusturlu, qui était fort désobéissant, profita de ce que sa nounou tournait le dos pour sauter le fossé et faire ce qu'il voulait.

Au commencement, tout alla bien.

Au commencement, tout alla bien. Lusturlu mangea de jolies fraises bien rouges, il en mit dans une feuille de chou pour sa petite sœur, — car il avait bon cœur, — et il se préparait à revenir au potager, quand il entendit galoper lourdement derrière lui... Baoum ! baoum ! baoum !... Puis il se sentit enlevé en l'air par le fond de

son pantalon, et il crut entrer dans un four très chaud.
C'était la vache qui l'avalait! Quoique tout cela se fût
passé très vite, Lusturlu avait eu le temps de pousser

Il se sentit enlevé par le fond de son pantalon.

un grand cri, que la nounou avait entendu. Vous pensez
si la pauvre femme eut peur! Elle appela au secours,
et tout le monde accourut. Chacun donna son avis.

La maman voulait ouvrir le corps de la vache avec un grand couteau; mais l'idée était mauvaise, parce qu'on aurait coupé Lusturlu.

Le papa se proposait d'entrer son bras dans la

Tout le monde s'installa en rond autour de la vache.

bouche de la vache; mais son bras n'était pas assez long.

Heureusement que M. le curé passa par là.

« Du calme! dit-il. Il n'y a qu'une chance de ravoir

le pauvre petit, c'est d'attendre que la vache rumine.
Vous savez que les animaux à cornes mangent deux
fois la même chose? Tout à l'heure, la vache va donc
ramener dans sa bouche le malheureux désobéissant;
ce sera le moment de se précipiter pour le sortir du
corps de la vache.

— Comment saura-
t-on que la vache rumine?
demanda la maman.

— Elle remuera tout
doucement la mâchoire.
Guettons-la bien. »

Alors chacun s'ins-
talla en rond autour de
la vache.

Il ramena Lusturlu bien vivant,
mais dans quel état!

M. le curé lut son bréviaire, le papa prit son jour-
nal, la nounou sortit son tricot, le jardinier éplucha des
légumes. La maman pleurait tellement, qu'elle ne pouvait rien faire ; de plus, croyant à chaque instant que la
vache commençait à remuer la mâchoire, elle se préci-
pitait en jetant de grands cris.

« Ne vous agitez pas ainsi, madame, dit avec bonté
M. le curé, vous risquez de faire peur à la vache. »

Enfin, enfin, après un temps qui parut bien, bien
long, M. le curé fit un signe au papa. Celui-ci ôta
sa veste, releva ses manches de chemise et, résolu-
ment, enfonça son bras nu dans la bouche de l'animal.

Dieu soit béni! il ramena Lusturlu bien vivant, mais dans quel état! Il était couvert d'une écume verdâtre; ses cheveux, ses yeux étaient collés, et il répan-

Le bain de Lusturlu.

dait une odeur épouvantable. Le médecin, qu'on était allé chercher en toute hâte, ordonna de donner à l'enfant un bain de savon noir, de le frotter avec une brosse de chiendent; puis on le roula dans une couverture, et on le porta dans un lit bien chaud.

Mais quand il demanda à manger, on ne lui donna rien, et pendant trois jours il n'eut pas la permission de boire autre chose que de l'eau et une détestable potion.

Maintenant Lusturlu est un enfant sage, et, quand il a envie de désobéir, il n'a qu'à se rappeler l'histoire de la vache pour être consciencieux.

———

MADEMOISELLE GRINCHU

(Par Mme Charles Fouques-Duparc)

Il y avait une fois une maîtresse de pension, bonne, sérieuse et solennelle, qui s'appelait Mlle Grinchu.

Elle avait parmi ses élèves plusieurs petites filles studieuses et voulut les récompenser.

L'une d'elles se nommait Madeleine. C'était une petite fille intelligente. Elle apprenait bien ses leçons et les récitait sans faute.

Un jour de composition, Mlle Grinchu annonça aux enfants qu'elle demanderait une récompense aux parents pour la petite fille qui réciterait le mieux sa fable. Aussi, pendant la récréation, toutes les petites filles sont très occupées de cette promesse, et elles attendent avec impatience le moment de rentrer en classe.

L'heure est venue. La cloche sonne. Les petites filles accourent et se hâtent de repasser leur leçon. Mlle Grinchu, grave et solennelle, les interroge. Elles répondent plus ou moins bien. Enfin Mlle Grinchu s'adresse à Madeleine et lui dit:

« Récitez-moi la fable de *la Laitière et du Pot au lait*. »

Madeleine se lève avec empressement, et, d'une voix

Mlle Grinchu s'adresse à Madeleine et lui dit: « Récitez-moi
la fable de *la Laitière...* »

aiguë comme un sifflement d'oiseau, elle commence :

Perrette, sur sa tête ayant un pot au lait,
Bien posé sur un coussinet,
Prétendait arriver sans encombre à la ville.
Légère et court vêtue, elle allait à grands pas,...

et le reste.

Elle allait si vite, si vite, qu'on ne pouvait presque
pas la suivre. Mais elle ne manqua pas un mot, et
Mlle Grinchu lui promit la récompense.

Mlle Grinchu écrivit à la maman de Madeleine et la
pria d'apporter un beau
gâteau à sa fille, qui avait
récité, sans une seule
faute, la fable de *la Laitière et du Pot au lait*.

La maman s'empres-
sa d'aller trouver la cuisinière et lui commanda
de faire une belle, belle
et excellente brioche,
très grosse, afin que Ma-
deleine pût se bien ré-
jouir avec ses amies.

Et vite Geneviève
prit de la farine, du

Geneviève fit une belle tête à la brioche.

beurre, de la levure et tout ce qu'il faut pour faire
une brioche. Et, avec le plus grand soin, elle la con-
fectionna.

Geneviève fit une belle tête à sa brioche. Mais tout
cela n'était encore qu'une pâte blanche. Elle mit donc
son gâteau sur une tôle, dans le four, et bientôt une
odeur appétissante se répandit dans la cuisine et arriva
jusque dans la chambre de la maman. C'était la brioche

bien cuite, bien levée, bien dorée et superbe, qui ne demandait qu'à s'en aller à la pension de Mlle Grinchu.

La maman se hâta de mettre son chapeau, emporta la brioche toute chaude et alla chez Mlle Grinchu.

C'était justement l'heure du goûter.

Madeleine accourut, tout heureuse, et remercia beaucoup sa maman.

Les autres petites filles l'avaient suivie et regardaient la brioche avec de grands yeux. Elles pensaient :

« Ah! qu'elle est grosse! Ah! qu'elle sent bon! Bien sûr, nous en aurons notre part. Quel bonheur! »

Madeleine mordit à belles dents au beau milieu de la brioche.

Mais Madeleine était une gourmande, et, sans se soucier de ses compagnes, elle mordit à belles dents au beau milieu de la brioche.

Mlle Grinchu, grave et solennelle, la regarde avec surprise.

Les petites filles s'approchent, prient Madeleine de

leur en donner à chacune seulement un petit morceau, et Madeleine refuse.

« Ce n'est pas vous qui avez dit la fable sans faute, leur répond-elle. C'est moi, et je mange ma brioche à moi seule. »

Les autres se moquent d'elle, la regardent avec pitié.

« Oh! la vilaine, l'égoïste, la gourmande! »
Mais elle mange toujours.

Mlle Grinchu, grave et solennelle, voyant qu'elle mange toujours et se fait du mal, s'approche et lui prend la tête :

« Madeleine, Madeleine, assez! »
Les autres petites filles rient à ses dépens.

« Oh! regardez-la donc! Comme elle enfle! Sa brioche l'étouffe.

— C'est bien fait! »

Et Madeleine, qui pourtant n'avait plus faim du tout, mange toujours. Et elle commence à se sentir malade. Et son ventre devient comme un ballon et la fait souffrir.

Et elle mange toujours.

Mais tout à coup elle devient toute rouge, puis toute pâle.

« Mademoiselle, je vais mourir. Oh! que j'ai mal! »
Mlle Grinchu, grave et solennelle, s'approche, l'emporte, la déshabille.

Mais qu'arrive-t-il donc?... Horreur! Ne regardons pas. Oh! que c'est dégoûtant d'être si gourmande, et que Madeleine est punie comme elle l'a mérité! Tournons vite la page et laissons cette petite fille se mettre au lit et prendre sa tisane, sans nous occuper d'elle davantage.

Madeleine est au lit depuis plusieurs jours, bien malade. On craint de la voir mourir. Sa pauvre maman, qui passe près d'elle les jours et les nuits, sans se reposer, est bien fatiguée, toute pâle et tout amaigrie. Elle

Pour la première fois, Madeleine mange un œuf.

ne mange plus de brioche, cette petite Madeleine si gourmande; mais elle prend des médecines noires et amères et beaucoup de choses très desagréables. Elle commence à bien se repentir d'avoir trop aimé la brioche et de n'avoir pas été aimable pour ses compagnes.

Madeleine est restée longtemps entre la vie et la mort. Aujourd'hui, elle entre enfin en convalescence. Pour la première fois, elle mange un œuf frais et une petite bouchée de pain.

Follette, toute contente de voir sa petite maîtresse manger, voudrait sa part du déjeuner.

« Non, non, Follette, tu n'en auras pas, car j'ai si faim ! »

Mlle Grinchu, grave et solennelle, vient féliciter Madeleine d'être hors de danger; mais elle est effrayée de la trouver pâle comme une morte, avec un long cou, des bras dont on ne voit plus que les os et une voix éteinte :

« Voyez, dit-elle, où mène la gourmandise !

> Qué les parents sont malheureux qu'il faille
> Toujours veiller à semblable marmaille... »

Ayant tout dit, elle embrassa Madeleine.

Dans la même pension, se trouvait une petite fille, nommée Jeanne, qui savait aussi très bien ses fables.

Un jour, Mlle Grinchu lui demanda de réciter *la*

Grenouille et le Bœuf. Jeanne se leva, et d'un ton sentencieux elle commença :

Sévère marqua de beaux losanges.

Une grenouille vit un bœuf
Qui lui sembla de belle taille...

Et le reste, même la morale sur les bourgeois, sur les grands seigneurs et les ambassadeurs, quoiqu'elle la trouvât fort ennuyeuse. Elle n'en manqua pas un mot.

Mlle Grinchu, grave et solennelle, lui décerna la récompense et écrivit à sa maman de la lui donner.

Dès que la maman eut reçu la lettre de Mlle Grinchu, elle sonna la cuisinière :

« Sévère, lui dit-elle, faites tout de suite un bon gâteau pour ma chérie, qui apprend si bien ses fables. Quel gâteau ferez-vous?

— Madame veut-elle une brioche?

— Oh! non; car Jeanne aurait mal au cœur rien qu'en pensant à Madeleine.

— Une galette?

— Oui, c'est cela, une belle grande galette, afin qu'elle puisse se régaler avec toutes ses amies.

La maman mit son chapeau à plumes et porta la galette à Jeanne.

— Très bien, madame. J'ai justement du beurre tout frais; ce sera excellent. »

Et Sévère prit de la farine, des œufs et du beurre, fit sa pâte, l'étendit, la roula, l'étendit de nouveau pour la rendre légère, marqua par-dessus de beaux losanges bien réguliers avec le dos de son couteau et la mit dans le four, où elle devint croquante et exquise avec une belle couleur dorée très appétissante.

Et la maman mit son grand chapeau à plumes et porta la galette à Jeanne, qui fut bien contente.

« J'espère, dit la maman, que tu ne vas pas te donner d'indigestion, comme Madeleine?

Jeanne emporta la galette en disant tout sec : « Non ! »

— Oh! non, maman, bien sûr je ne le ferai pas. Soyez sans inquiétude. »

Et la maman, contente de la joie de sa fille, s'en alla.

Jeanne emporta sa galette, la posa sur une table, prit un couteau et en coupa un tout petit morceau.

Ses compagnes la regardaient avec envie.

« Jeanne, et nous? Tu ne nous en donnes pas un peu? »

Jeanne les regarda d'un air farouche, mangea le petit morceau qu'elle avait coupé, prit la galette et l'emporta, en disant tout sec :

« Non! »

Et les petites filles restèrent toutes déconcertées, ayant cru avoir leur part du gâteau, tandis que Mlle Grinchu, grave et solennelle, surveillait ses élèves.

Jeanne emporta sa galette dans une petite armoire où elle rangeait toutes ses affaires, car Jeanne avait de l'ordre, et même trop d'ordre quand il s'agissait de sa galette.

Ses petites amies la suivent. L'une d'elles, qui aimait beaucoup les gâteaux, pleure de dépit. Une autre tire Jeanne par sa robe et lui dit :

« Ça me ferait tant de plaisir! »

Les autres se moquent d'elle. J'en vois même une, — oh! que c'est laid! — qui lui fait un pied de nez.

Heureusement pour elle que Mlle Grinchu, grave et solennelle, est absorbée dans sa lecture et ne la voit pas.

Le lendemain, ce fut la même chose : Jeanne alla à
son armoire, en tira sa galette, en coupa un petit morceau et la remit à sa place, sans écouter ses petites
amies, qui ne se décourageaient pas de lui en demander
un peu.

La bande rongeuse grignota la galette.

Et Mlle Grinchu, grave et solennelle, les surveille en
s'absorbant de plus en plus dans sa lecture.

Cela dura plusieurs jours, et les morceaux que pre-
nait Jeanne étaient si petits, que la galette ne diminuait
guère. Elle voulait ainsi faire durer le plaisir plus longtemps.

Mais l'odeur de la galette avait fini par arriver dans
certain recoin habité par une collection de jolies petites
souris, qui bien vite sortirent de leur cachette et se
mirent, le museau au vent, trottin trottant, à chercher

d'où pouvait venir ce parfum qui leur faisait venir l'eau
à la bouche, car les souris aiment beaucoup les gâteaux.

L'une d'elles finit par trouver une petite fente à la
porte de l'armoire : elle s'y glissa, puis une autre, puis
une troisième, et toute la petite bande rongeuse des souris arriva à la queue leu leu et grignota sans cérémonie

Quelque chose lui passe en courant entre les pieds.

la galette. Elles eurent beaucoup plus vite fini que
Jeanne.

Le lendemain, Jeanne vint, comme de coutume,

chercher son petit morceau de galette. Elle entend du bruit... Qu'est-ce donc?

Quelque chose lui passe en courant entre les pieds... Qu'est-ce donc? Elle a peur,... elle avance tout doucement et aperçoit une peuplade de petites souris qui se dépêchent d'avaler les dernières miettes de sa galette.

Jeanne n'est pas brave. Elle a si peur des souris, — qui pourtant ne font de mal qu'aux galettes, — que ses cheveux se dressent sur sa tête. Et ses amies, accourues au bruit, rient de tout leur cœur et crient :

« C'est bien fait! A bas les avares! »

Mlle Grinchu commençait à trouver que, chez ses élèves, les gâteaux donnés comme récompense ne réussissaient guère. Cependant elle voulut faire encore une expérience. Elle demanda aux enfants de réciter *la Guenon, le Singe et la Noix.* Une petite fille commença :

> Une jeune guenon cueillit
> Une coque dans sa noix verte...

Et Mlle Grinchu l'envoya en pénitence, le nez dans le meuble.

Mais Monique, d'un petit ton de voix très gentil, et en accentuant bien chaque mot, récita d'un trait :

> Une jeune guenon cueillit
> Une noix dans sa coque verte,
> Elle y porte la dent,...

et le reste.

Mlle Grinchu lui décerne la récompense et écrit à
sa maman.

La maman reçoit la lettre et descend vite à la cuisine :

« Catherine! Catherine! Catherine! Mlle Monique est la première! Je veux lui porter un beau gâteau. Qu'allez-vous me faire pour ma gentille fillette?

— Oh! que madame ne s'inquiète pas. Je vais faire une vraie surprise à madame et à mademoiselle, qui sera bien contente. »

Et Catherine prend de la fleur de farine. Elle bat ses blancs d'œufs, elle ajoute du sucre et de la vanille. Elle prépare un moule, un grand moule; elle y verse sa pâte et le met au four.

Monique,
d'un petit ton de voix
très gentil...

Et, pendant que cela cuit, elle prépare de l'angélique, des fruits confits, des pastilles roses, des pastilles rouges, bleues, jaunes, vertes, blanches. Elle glace son gâteau, quand il sort du four; elle le décore avec ses fruits confits et ses pastilles, et elle apporte à la maman un vrai dôme qui avait l'air d'être construit en pierres précieuses. C'était superbe. Et, par-dessus, elle pique une belle rose artificielle avec des feuilles d'un vert éclatant.

La maman, ravie, porte le dôme à la pension.

Mlle Grinchu, grave et solennelle, le regarde de loin avec admiration. Monique n'en peut croire ses yeux.

Les petites filles se désolent déjà et disent :

« Nous n'en aurons pas plus que de la brioche de Madeleine et de la galette de Jeanne ! »

Mais Monique les appelle toutes :

« Venez, venez ! Clara, Julie, Caroline, Louise, Jeanne, Madeleine, Cécile, venez toutes ! Mon gâteau est assez gros pour nous toutes. »

Elle apporte à la maman un vrai dôme.

6

Monique les appelle toutes : « Venez, venez! Clara, Julie, Caroline, Louise, Jeanne, Madeleine, Cécile, venez toutes! »

Je vous laisse à penser quelle est la joie de toute la petite bande, aussi disposée que les souris à grignoter le beau biscuit et à croquer les belles pastilles.

Mlle Grinchu, grave et solennelle, ne lit plus; elle regarde Monique, qui s'approche d'elle et lui offre une grande part de gâteau.

Comme les souris et comme les petites filles, Mlle Grinchu aime beaucoup les biscuits. Elle accepte et trouve celui-ci excellent.

Alors Monique en donne aussi à toutes ses compagnes, et même au petit Médor. Elle en mange elle-même un morceau, et, comme il en restait encore, elle va le ranger dans la petite armoire de sa chambre.

Et les enfants vont jouer dans la cour.

En le rangeant dans sa chambre, Monique se disait :

« C'est vrai, il ne m'en reste plus qu'un assez petit morceau; mais je suis si contente d'avoir été bonne, d'avoir fait plaisir à la bonne Mlle Grinchu, qui regardait mon gâteau avec des yeux gourmands, — car elle n'en mange pas souvent, — et à toutes mes petites amies, qui étaient si joyeuses d'en avoir leur part!...

« Madeleine et Jeanne, qui n'ont pas voulu nous donner des leurs, n'ont pas été les dernières à se régaler du mien. Mais, après tout, qu'est-ce qu'elles ont gagné à être si égoïstes? Madeleine a été bien malade, et ce sont les souris qui ont rongé la galette de Jeanne. Décidément, j'ai bien fait d'être bonne, et j'ai le cœur tout gai, quoiqu'il ne me reste qu'un petit morceau de biscuit. »

Pendant que Monique fait ces sages réflexions, tout en remarquant que son morceau de gâteau lui ferait encore le lendemain un excellent goûter, ses petites amies étaient allées jouer dans la cour, où Mlle Grinchu, grave et solennelle, les surveillait, le nez dans son livre.

Il y avait là un banc de bois, et un pauvre homme, bien vieux, bien malheureux, avec une barbe blanche, vint s'y asseoir. Il était aveugle, et un caniche blanc, qui avait dans la gueule une petite sébile de bois pour recevoir les sous, le conduisait.

Il prit sous son bras un violon vieux comme lui et un archet vieux comme le violon, accorda son instrument et joua un vieil air du temps passé.

Les petites filles vinrent autour de lui, examinant

tour à tour les yeux blancs de l'aveugle, le violon et le caniche, et écoutant l'air de toutes leurs oreilles.

Quand Monique descendit, elle s'approcha curieusement du vieillard. Elle l'observa avec bonté et s'aperçut que de grosses larmes coulaient sur ses joues.

Il prit son violon et joua un vieil air du temps passé.

« Qu'avez-vous, mon pauvre homme, et pourquoi pleurez-vous? lui dit-elle.

— Ah! ma petite demoiselle, je pleure parce que

j'ai bien faim. Je suis vieux et faible, et depuis hier je n'ai pas mangé une bouchée de pain.

— Pourquoi donc?

— Parce que je suis bien pauvre et que je n'ai pas un sou pour en acheter.

— Oh! quel malheur, car je n'ai pas de sous non plus! »

Elle réfléchit un moment, puis elle dit :

« Attendez-moi un petit moment, mon pauvre homme. »

Et elle se sauva en courant. Où allait-elle donc?

Monique revint bientôt, tout essoufflée, tant elle avait couru. Elle tenait un assez gros morceau de gâteau dans sa main droite et un plus petit dans sa main gauche. Elle tendit le plus gros au vieillard, qui, en tâtonnant, essayait de le saisir.

Il voulut en casser un peu pour son caniche; mais Monique lui dit :

« Non, non, mangez tout. J'ai mis à part le déjeuner du toutou. »

Celui-ci faisait déjà le beau pour recevoir le morceau, et ses narines ouvertes remuaient de plaisir.

Le vieillard mangeait de grand appétit, et il pleurait encore, mais de reconnaissance et de joie. Le caniche léchait les mains de la petite fille. Elle se sentait le cœur tout léger, tout heureux, et ne regrettait guère de n'avoir plus de biscuit pour le lendemain.

Mlle Grinchu, grave et solennelle, examinait.

Tout le monde était content : le bon vieillard,
Mlle Grinchu, Monique, les petites filles et le caniche.

Elle tendit le plus gros au vieillard.

Le bon vieillard reprend son violon, et au lieu de
jouer un air d'autrefois, triste et languissant, comme on
joue quand on a l'estomac creux, il attaque vivement et
avec entrain un joyeux galop.

Aussitôt voilà tout le monde en l'air, excepté le
caniche, qui se couche pour mieux digérer son gâteau.

Mlle Grinchu oublie tout à coup qu'elle est grave et
solennelle. Elle forme une ronde avec toutes les petites

filles, et toutes ensemble tournent, sautent et dansent, jusqu'à ce qu'elles tombent de fatigue.

Je sais bien pourquoi elles étaient si gaies : c'est qu'on a le cœur bien joyeux quand on a fait une bonne action. Souvenez-vous-en quand vous penserez à Mlle Grin-chu, à Madeleine, à Jeanne, à Monique et à bonne-maman.

Toutes ensemble tournent, sautent et dansent

UNE DRÔLE DE JOURNÉE

I

Étienne et Benjamine étaient des enfants très vifs, très intelligents, mais si insupportables, qu'aucune bonne ne voulait rester avec eux.

La première qu'ils avaient fait partir s'appelait Rose; elle était jeune, gaie, très complaisante.

Les enfants l'avaient tellement taquinée et battue, qu'elle avait voulu s'en aller.

Après Rose, était venue une nounou très bonne, mais excessivement grosse et un peu vieille.

Alors Étienne et Benjamine s'amusaient à se cacher, à se sauver, pour obliger nounou à courir après eux. Comme la pauvre femme ne pouvait pas courir, elle s'en était allée soigner d'autres enfants moins méchants.

La bonne qui vint après était une négresse; mais elle ne resta pas plus que les autres, parce qu'elle faisait si peur aux enfants, qu'ils se cachaient au fond des armoires et sous les meubles, plutôt que de la voir.

Enfin, les parents firent venir une étrangère, grande comme un arbre, maigre comme un clou, et de plus très, très sévère.

Les quatre bonnes renvoyées.

Ah! elle savait se faire obéir, et il ne s'agissait ni de bondir, ni de taquiner, ni de désobéir avec elle, car les coups, les privations de manger, les punitions de toute sorte ne se faisaient pas attendre!

Les parents, trouvant que leurs enfants étaient vraiment trop durement menés, renvoyèrent la méchante femme; mais ils annoncèrent à Étienne et à Benjamine que, désormais, ils devraient se passer de bonne.

« Quel bonheur! s'écrièrent les petits imprudents.

Il y a assez longtemps que nous n'en voulons pas!

— Vous n'aurez pas de bonne, mais vous vous servirez vous-mêmes.

— Soyez tranquille, maman, nous saurons bien nous arranger.

— Nous verrons cela, » dit la maman.

II

Le lendemain matin, personne ne vint réveiller les enfants, de sorte qu'ils se levèrent si tard, que, lorsqu'ils demandèrent leur déjeuner, la cuisinière était sortie avec la clef du buffet dans sa poche.

Étienne mit ses chaussettes à l'envers, et, n'ayant pas su trouver ses brodequins, il dut rester en pantoufles.

Quand il voulut mettre ses bretelles, il constata qu'elles étaient cassées.

« Veux-tu me les recoudre ? dit-il à sa sœur.

Etienne attache son pantalon
avec une ficelle.

— Volontiers, » répondit-elle.

Car Benjamine était très complaisante.

Mais on ne peut pas toujours faire ce que l'on veut.

Soit que l'aiguille fût trop fine ou le fil trop gros, la

Elle dut mettre ses caoutchoucs.

petite fille ne parvint pas à l'enfiler, de sorte qu'Étienne était toujours sans bretelles.

Enfin, l'idée vint de tenir son pantalon avec une ficelle... Ce n'était guère commode, mais cela valait encore mieux que rien.

50

Étienne mit sa veste en enfonçant le col marin dans
son dos, de sorte qu'il avait l'air bossu; mais, sauf cela,
le reste marcha.

Benjamine s'était habillée assez facilement, car les
petites filles sont certainement plus adroites que les garçons; mais que de malheurs lui étaient arrivés pour se
laver!

Le pot à eau, étant trop lourd pour elle, avait tourné
dans sa main et s'était renversé, de
sorte que la fillette avait été obli-
gée de mettre ses caoutchoucs
pour pouvoir s'approcher de la
toilette sans se tremper les pieds;
puis, quand il s'était agi de se
coiffer, ce fut terrible, car Benjamine avait de longs cheveux
bouclés qui s'emmêlaient facilement.

Quand il s'était agi
de se coiffer...

Les enfants étaient à peine tant mal que bien habil-
lés, quand leur maîtresse arriva.

Bien entendu, aucune leçon n'était sue, aucun devoir
n'était fait. Les punitions et les reproches ne manquèrent
donc pas ce matin-là.

Après le déjeuner, la maman appela les enfants
pour sortir.

« Voulez-vous me donner mon chapeau, maman?
dit Benjamine. Il est dans le haut de l'armoire, et je

suis trop petite pour l'atteindre, même en montant sur une chaise.

— Sûrement non, je ne te donnerai pas ton chapeau.

— Alors, je ne sortirai pas! déclara Benjamine, qui commençait à se fâcher.

— Eh bien! tu ne sortiras pas, répondit tranquillement la maman.

— Mais c'est aujourd'hui qu'on doit aller goûter

Benjamine courut s'enfermer dans sa chambre.

chez ma tante! dit Benjamine,
qui était moitié en colère, moitié
au désespoir.

— Qu'est-ce que cela fait?
Tes cousins se passe-
ront bien de toi. »

Là-dessus, bou-
dant, claquant les por-
tes et rageant de tout
son cœur, Mlle Benja-
mine courut s'enfermer
dans sa chambre.

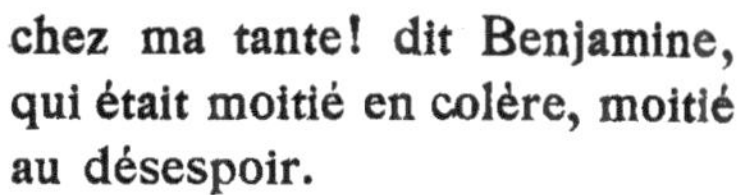

A ce mo-
ment arrivait
Étienne, prêt à
sortir, moins
les chaussures,
car il n'avait

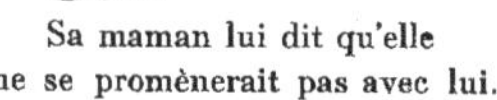

Sa maman lui dit qu'elle
ne se promènerait pas avec lui.

toujours pas trouvé ses
brodequins.

Sa maman
déclara qu'elle
ne se promè-
nerait pas avec
lui tant qu'il

Une bicyclette le frôla.

53

n'aurait pas changé de chaussures. Or Etienne, ayant
cherché partout, renonçait à les trouver. La maman lui

Le pâtissier l'empêcha d'entrer.

dit qu'il sortirait tout seul s'il voulait, mais pas avec
elle.

Sortir seul! mais il en mourait d'envie depuis longtemps! Quelle chance!

Voilà donc Étienne dehors. Tout alla bien tant que le petit garçon se trouva dans les rues qu'il connaissait; mais, comme il marchait toujours devant lui, il ne sut bientôt plus du tout où il était.

Il demanda son chemin à une dame qui avait l'air très aimable; mais pendant qu'il écoutait ce qu'on lui disait, une bicyclette le frôla et le jeta dans le ruisseau. Il ne se fit pas de mal, mais il se releva trempé.

Comme c'était l'heure de goûter et qu'il avait cinq sous dans sa poche, Étienne voulut acheter des gâteaux; mais le pâtissier l'empêcha d'entrer

Étienne
héla un fiacre.

dans la boutique, parce qu'il salirait les belles dames et les jolis enfants qui y étaient.

Étienne commençait à se trouver extrêmement malheureux. Il avait faim, froid, et même assez peur, car la nuit était venue, et il se demandait comment il rentrerait à la maison.

« Que je suis bête! se dit-il. Je n'ai qu'à prendre

8

une voiture. C'est ce que fait maman quand elle est en retard ou fatiguée. »

Oh! l'idée était excellente; mais les cochers, qui savent bien que les mamans les payent quand la course est faite, n'ont pas confiance en un petit garçon en pan-

Il aperçut M. François.

toufles, couvert de boue et trempé comme l'était le pauvre Etienne.

Notre petit bonhomme n'avait plus qu'une chose à

faire, c'était de demander à un sergent de ville de venir à son secours.

Il en cherchait un, quand, ô bonheur! il aperçut M. Francois, un ami de son papa. Courir après lui, raconter ses malheurs, fut bien vite fait. Alors le bon

Le soir, quand la maman vint les embrasser...

M. François, qui avait de quoi payer une voiture, ramena le petit Étienne à ses parents, qui commençaient à s'inquiéter.

La journée s'acheva tristement. Étienne était presque malade. Benjamine s'était ennuyée tout le temps, et n'était pas consolée de n'avoir pas été jouer chez sa tante.

Aussi, quand la maman vint dire bonsoir à ses enfants, ceux-ci la supplièrent de leur rendre une bonne. Ils promirent d'être très sages avec elle, parce qu'ils avaient enfin compris que les petits garçons et les petites filles ne peuvent pas se passer des grandes personnes.

TABLE

36511. — TOURS, IMPR. MAME

9 782329 013107